زْزْزْزْزْزْزْ...

وَهذا ما جَعَلَ
النَّحْلَةَ الصَّغيرَةَ سَعيدَةً جِدًّا.

«مَرْحَبًا، يا قَوْسَ الأَلْوانِ».

وَيَحْدُثُ هذا كُلُّهُ في الْوَقْتِ نَفْسِهِ.

أَحْيانًا...
كانَتِ الشَّمْسُ تُشْرِقُ،
وَالسَّماءُ تُمْطِرُ...

أَحْيانًا...
كانَتِ السَّماءُ تُمْطِرُ.

أَحْيانًا...
كانَتِ الشَّمْسُ تُشْرِقُ،

أَحْيانًا...
كانَتِ الرّيحُ تَهُبُّ.

«وَداعًا، أَيَّتُها الزَّنْبَقَةُ».

«مَرْحَبًا، أَيَّتُها الزَّنْبَقَةُ».

«وَداعًا، يا شَقيقَةَ النُّعمانِ».

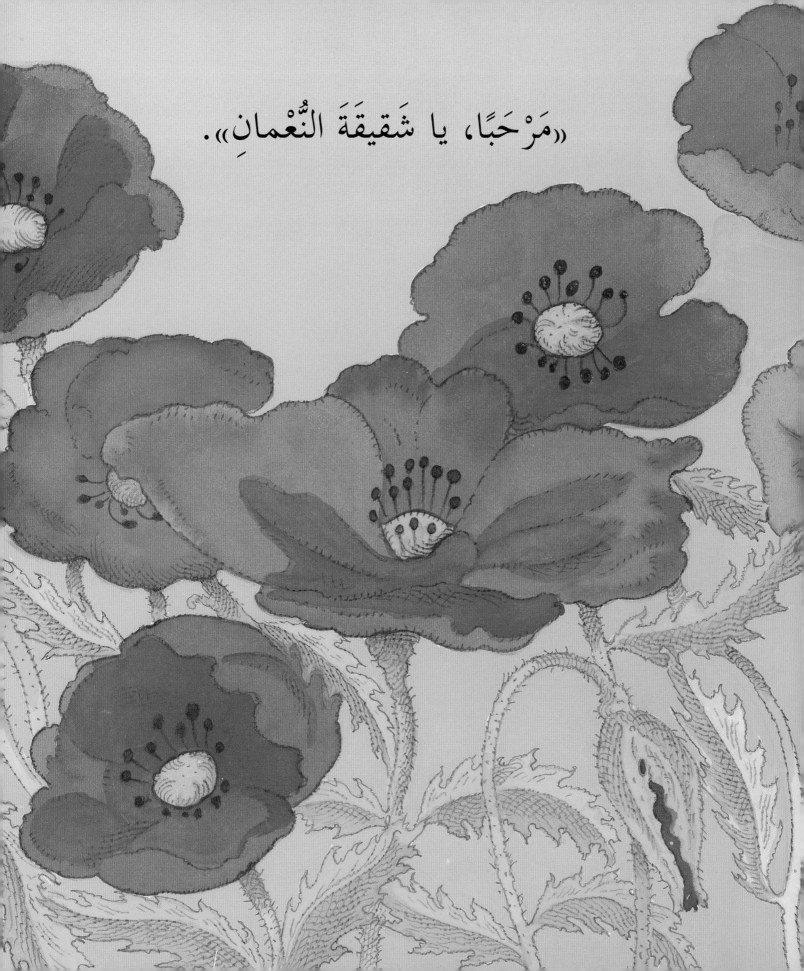

«مَرْحَبًا، يا شَقيقَةَ النُّعْمانِ».

«وَداعًا، أَيَّتُها الْوَرْدَةُ».

«مَرْحَبًا، أَيَّتُها الْوَرْدَةُ».

«وَداعًا، يا زَهْرَةَ الرَّبيعِ».

«مَرْحَبًا، يا زَهْرَةَ الرَّبيعِ».

كُلَّ صَباحٍ، كانَتِ النَّحْلَةُ الصَّغيرَةُ تَطيرُ مِنْ زَهْرَةٍ إِلى زَهْرَةٍ.

ISBN 978-0-439-86445-9

First Arabic Edition, 2006. Printed in China.

4  5  6  7  8  9  10  62  11

# النَّحلَةُ السَّعيدَةُ

تَأْليفُ وَرُسومُ: إِيان بِكْ

# النَّحلَةُ السَّعيدَةُ